내 삶의 힌트

내 삶의 힌트

사물과 풍경, 일상과 사람들 속에서 발견한 130개의 힌트들

글·박재규 | 비주얼·강동철 | 사진·아놀드 박

청림출판

어느 가을… 점심을 먹고 회사 사람들과 함께 콩나무 아래를 산책한 적이 있었습니다. 산책 중 우연히 떨어진 콩나무 껍질 하나를 발견하고는 가만히 손에 쥐고 돌아와 책상 한 귀퉁이에 놓아두었죠. 그리고 한참 뒤 그 껍질을 다시 보았을 때 콩들은 처음보다 훨씬 더 말라 비틀어진 모습이었습니다. 그 모습을 보며 이런 생각이 들었습니다.

'껍질 밖으로 나오지 못하면, 땅속에 뿌리를 내리지 못하면, 싹을 틔우지 못하면, 결국은 말라갈 수밖에 없구나.'

저는 그날 콩나무 껍질로부터 삶에 대한 작은 힌트 하나를 얻었습니다. 아마도 그것이 이 책의 시작이 아니었나 합니다.

이처럼 우리의 삶에 도움이 되는 힌트들은 멀리 있는 것이 아니라고 생각합니다. 주변의 사물들로부터, 가까운 사람들로부터 그리고 나를 둘러싼 생명들로부터 얼마든지 발견할 수 있고 또 그로부터 도움 받을 수 있는 것이라 생각합니다.

그런 마음으로 주변을 바라본다면 아스팔트를 뚫고 나온 작은 잎 하나에서도, 어느 날 우연히 당신의 뺨을 만지고 지나가는 바람에서도 그리고 발에 채이던 작은 돌멩이 하나에서도 당신의 삶에 도움이 되는 힌트가 가득하다는 사실을 알 수 있지 않을까요?

이런 마음으로 준비한 이 책의 130개 힌트에는 글에서부터 시작된 힌트도 있고 사물로부터 시작된 힌트도 있습니다. 이 힌트는 어느 쪽에서 시작된 힌트일까? 한 번 유추해 보면서 페이지를 넘기는 것도 이 책을 읽는 재미난 방법이지 않을까 합니다.

이따금씩 등장하는 사진과 그 사진 속 작은 h는 산책을 하다, 여행을 하다 혹은 우연히 시선이 맞닿았을 때 발견한 힌트의 시작들입니다. 그 시작들을 발견했을 때의 기쁨과 환희 또한 여러분들께 고스란히 전해지기를 바라며, 지금부터 이 책 속 힌트들이 여러분의 삶을 조금이라도 더 즐거운 길로 유인할 수 있기를 희망합니다.

2015년. 4월. 서울에서 박재규

Contents

Prologue 4

HINT FOR WORK

HINT FOR DREAM

HINT
FOR LIFE

스크래치

작은 긁힘조차 두려워 피하는 자는
아름다운 음악도
감동적인 인생도
들려줄 수 없다.

슬럼프

슬럼프라는 문은
초심이라는 열쇠를 넣으면
부드럽게 열린다.

선입견

블랙박스는 오렌지색이다.

조언

망망대해에서
전기가 끊기고
배터리가 방전되면
내비게이션은 멈춰도
나침반은 작동한다.
그런 것이다.
당신을 향한
부모님의 조언은.

탐욕

내보내려 하지 않고
품으려고만 하는 탐욕은
뿌리부터 썩는다.

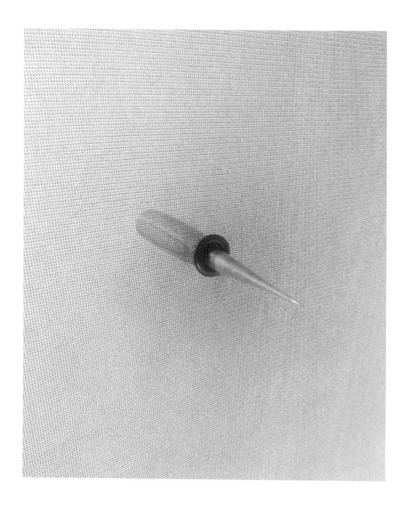

진심

진심은 새벽과 같아
지금의 그 어둠 아무리 짙어도
반드시 옅게 만들지.

요리

인생이 언제나 달콤한 순간으로만
이뤄지길 바라는 것은
설탕만으로
모든 요리를 하겠다는 것과 같다.

h

경기도 파주 출판 단지. 어느 건물 안에서 신작의 힌트를 얻다.

신작 h

기다리는 신작
많은 그 인생
어찌 지루할 틈 있을까?

경험 1

언제 어디서나
당당하게 살고 싶다면
인생이라는 옷장에
경험이라는 옷들이
많아야 한다.

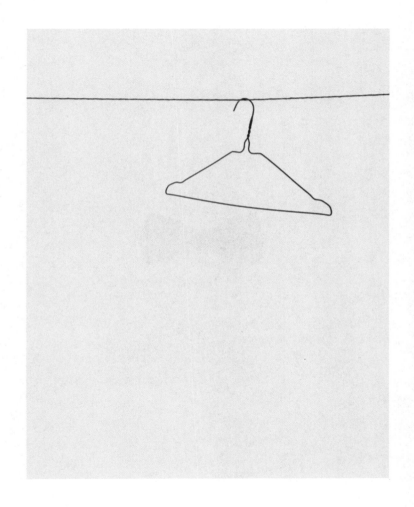

서비스

서비스 좋아 자주 가는 가게 있다면
그 가게에서 받는 서비스처럼
주변 사람들을 대해 보세요.
아마 순식간에 입소문 나겠지요.
당신 멋지다고.
당신 즐겁다고.
당신 자주 만나고 싶다고.

향기

향수에만 의존해
자신의 향기를 높이려는 자는
영원히 자신만의 향기를
지닐 수 없다.

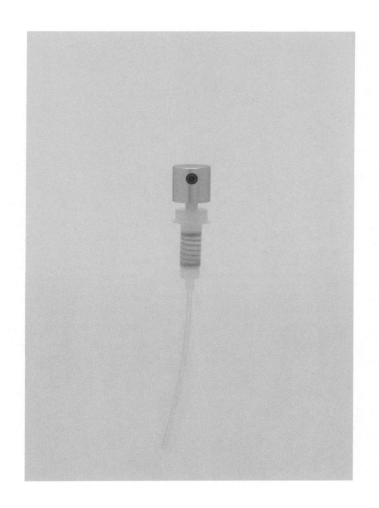

순응

영원히 아름답고 싶다면
순응이 답이겠지요.

순
응

맥주를 마시며 TV를 보고 있을 때였다.
TV에서는 기원전 한나라 시대의
여자 미라가 나오고 있었다.
엄청난 클로즈업으로.
그녀의 모습은 그곳에 모인 구경꾼은 물론
TV를 통해 온 세상에 공개되었다.
심지어 한 학자는 아직도 탄력이 대단하다며
손가락으로 그녀의 뺨을 누르기까지 했다.
이 미라는 상당한 귀족임에 틀림없다는 말과 함께.
서서히 올라오는 그녀의 뺨…….
만약 수천 년이 흐른 뒤 자신에게
이런 일이 일어날 줄 알았다면 그녀는 어떻게 말했을까?
"미라요? 아뇨! 전 결사반대입니다.
제가 죽더라도 미라는 절대로 싫어요. 절대로!!"
그리고 조용히 한숨을 내쉬며 이런 말을 덧붙였을 것이다.
"영원히 아름답고 싶다면 순응이 답이랍니다."

눈엣가시

당신 눈에 가시를 넣은 사람은
그 누구도 아닌
당신 자신이다.

유행

유행 따라잡으려
너무 전력질주 마세요.
한 템포 쉬며
자기 길 가다 보면
어차피 다음 유행 한 바퀴 돌아
당신 곁으로 다시 올 테니까요.

징검다리

돈만을 징검다리 삼아
인생을 건너려는 자.
그 걸음 몇 걸음 못 가
빠지거나 넘어진다.

망각

망각과 친해져라.
언제라도 불러서
상처받은 일
잊고 싶은 일
지울 수 있도록.
머리 가까이
가슴 가까이 둬라.
그런 고마운 친구
그런 현명한 친구
또 없으니.

콤플렉스

콤플렉스는 얼음과 같아
춥고 어두운 곳에 두면
더 단단해지지만
밝고 환한 곳에 두면
이내 녹아 버린다.

틀

자신의 틀은 깨지 않으면서
새로운 결과물이 나오길 바라는 것은
붕어빵 틀에서 국화빵이 나오길
바라는 것과 같다.

과시

과시의 목적으로 구입한
모든 것들은
당신을 잠재적 위험으로 이끄는
순간의 요소들이다.

타임머신

100% 부작용 없는
유일한 타임머신은
그 시절
온 마음을 다해 들었던
그 음악.
그러니 더 늦기 전에
온 마음을 다해
지금의 음악을 들으세요.
먼 미래
언제라도 다시
지금 이때로 돌아올 수 있도록.

아이러니 1

지구 밖 생명체에게는 그렇게나 관심이 많으면서
지구 안 생명체에게는 이렇게나 관심이 없을 수가.

자격

자신의 방에
자신의 옷장에
자신의 서랍에
뭐가 있는지도 모르면서
또 다른 뭔가를 사려는 사람은
그 뭔가를 살 자격이
없는 사람이다.

스튜디오 시티 촬영 브레이크 타임. 어느 작은 그네에서 도약의 힌트를 얻다.

도약 [h]

앞으로의 도약은
어떤 마음으로
뒤로 물러나고 있는가에
달려 있다.

아지트

그곳 아는 이.
바람과 햇살뿐인
아지트 많은 자.
그 인생 복되다.

채널

다양한 친구는 다양한 채널과 같으니
좀 더 즐겁고 신나는 인생을 살고 싶다면
드라마 같은 친구도
쇼 프로 같은 친구도
다큐 같은 친구도
사귀어볼 일이다.

시인

실수를 시인하라.
실패를 시인하라.
패배를 시인하라.
그 시인으로부터
다시 일어설 때
인생은 시처럼
아름답게 피어난다.

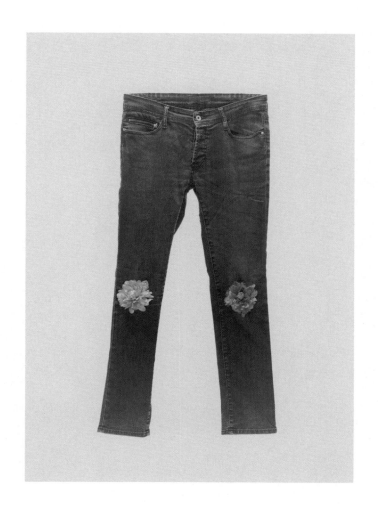

연장

사용할 줄 아는 연장이 늘어날수록
인생의 즐거움 또한 연장되겠지요.

지퍼

힘으로만 밀고 나가려는 관계는
갈수록 어긋날 뿐이다.

기습

세상에서 가장 치명적인 기습은
자신도 모르게
자신이 자신에게
행하는 기습.

보호막

게임에서든
인생에서든
보호막은
시간이 지나면
사라진다.

관조

관조는 더 상위개념의 소유다.

관
조

Y형과 장한평에 있는 한 앤틱샵에 갔을 때의 일이다.
나는 그곳에서 아주 멋진 새장 하나를 발견했다.
새장이 너무 예뻐 나는 갑자기 새를 키우고 싶어졌고
가게 주인과 흥정을 하기 시작했다.
하지만 형은 반대했다.
그런 이유에서라면 새가 너무 불쌍하다는 것이다.
그 후로 나는 몇 번 더 그곳에 갔었고
그때마다 새장이 탐남을 속일 수 없었다.
그렇게 소유과 관조 사이를 서성이던 어느 날
내 메일에 남겨진 형의 글을 보았다.
그 글을 읽고 나서야 나는 서성거림을 끝낼 수 있었다.
그 글은 이러했다.
'소유의 작은 문을 개방하세요.
새장에 문을 열어두면 그곳이 보금자리겠죠.
새들의 취향은 모르지만 아마도 좋을 듯해요.
단정보다는 방법을.'

어른

어른의 가치는
현재 그 어른이
놀 줄 아는
놀이의 개수에
비례한다.

아이러니 2

스마트폰 업데이트는 그렇게나 빠르면서
자기 자신 업데이트는 이렇게나 느리다니.

본전

본전 생각에 지속하는 모든 것들은
당신에게 더 큰 손실만을 남긴다.
그것이
게임이든.
사업이든.
사랑이든.

HINT

FOR LOVE

관심

차가운 사람일수록
사실은 온기를 갈망한다.

세이브

자주자주 사랑한다
세이브해 놓으세요.
뜻하지 않게 다 날아가
절망치 않도록.

표출

외부로부터 방해를 덜 받고 싶다면
당신의 내부 상태를 알려야 한다.
참지만 말고.
숨기지만 말고.
상대방이 알아채주기만을
바라지 말고.

의지

인간이 만든 것 중
인간이 전적으로
의지할 수 있는 것은
단 하나도 없다.

인연

꽃이 방 안에만 있으면
벌이 어떻게 찾아가겠어요?

부모

인간 이외의 생명체.
그들의 부모로도 살아갈 수 있다는 것은
인간으로 태어나
인간만이 누릴 수 있는
가장 멋진 일 중 하나겠지요.

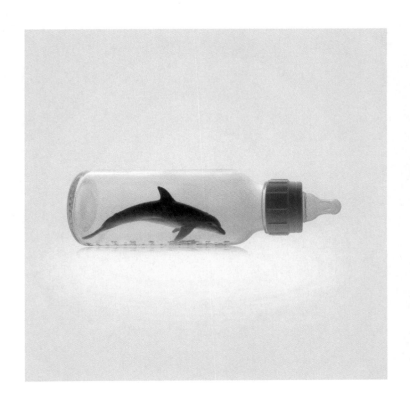

노출

지나친 노출은
언제나 상처로 돌아온다.
그 노출이
몸이든.
마음이든.

h

충북 제천 백운면. 산길을 산책하다 소유의 힌트를 얻다.

소유 [h]

죽어서도 가져갈 수 있는 것만
사랑하고 소유하라.

자세

환한 눈빛
미소를 머금은 입술
당겨진 턱
활짝 핀 어깨
쭉 뻗은 등
상냥한 손끝
우아한 발걸음을
능가할 옷은
세상 어디에도 없다.

배우자

배우자 선택의 첫 번째 조건은
돈이나 직장이 아니라
얼마나 많은 사랑을 받고
자랐느냐 하는 것이겠지요.

취급주의

한낱 옷에도
취급주의 라벨이 붙어 있어
주의를 요하는데
난 나를 너무 함부로
취급하는 건 아닐까?

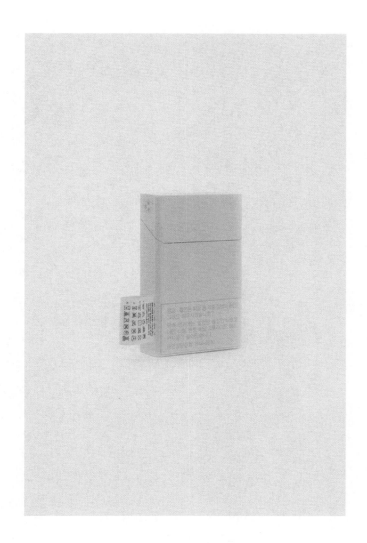

간직

그가 있을 곳에
그를 놓아둘 때
간직은
지속된다.

문턱

문턱이 너무 높으면
당신에게 들어오려는 사람도
당신을 나가려는 당신도
넘어진다.

안부

돌아가신 부모님의 안부가 사무치게 그리운 만큼
살아계신 부모님의 안부도 사무치게 그리워 하시길.

안
부

두 친구가 오랜만에 만나 이야기를 나누고 있다.
둘의 공통점은 아버지가 일찍 돌아가셨다는 것.
이런저런 이야기를 나누다
돌아가신 아버지 이야기가 나왔다.
"너 지금 만약 백만 원 내고 아버지랑 통화할 수 있다면 하겠냐?"
"당연히 그러겠지! 할 수만 있다면 천만 원이라도 하겠지!"
"그렇지?"
"그렇지!"
둘 다 아버지를 생각하는지 잠시 말이 없다.
"근데, 어머니는 잘 계시냐?"
"어……."
"어머니 잘 지내시지?"
"응……."
"어머니랑 언제 통화했냐?"
"글쎄…… 지난 주?"
"넌?"
"…… 한 보름?"
"한심하네."
"그러게 진짜 한심하네."
이윽고 둘은 주머니 속에서 핸드폰을 꺼냈다.

분노

분노는 자신이 좋아하는 곡
한 곡 정도 다 듣고 난 뒤
표출해도 늦지 않다.

기부

가장 이타적인 행위야말로
가장 이기적인 행위다.

아이

그가 부르면
모든 것을 멈추고
즉시 달려가라.
당신을 부르는
아이의 소리보다
더 소중한 것
세상 어디에도
없으니.

극

도무지 통하지 않는 사람을 만나면
나는 이제 이렇게 생각하기로 했다.
극과 극은 통한다던데
당신과 내가 이다지도 통하지 않는 걸 보니
우린 서로 극은 아닌가 봅니다.

이기

나무도 아프다.
하물며 사람이야.

마음

그래.
마음을 비우자
다짐해 놓고
마음 안에 또 마음을
만들어 두는 건
무슨 마음일까?

포장

아무리 그럴싸하게 감싸놓아도
포장은 몇 분 안 돼
모두 벗겨진다.

미국 말리부 여행 중. 해변을 거닐다 바다의 힌트를 얻다.

바다[h]

바다가 사랑받는
가장 큰 이유는
언제나 그 자리에서
변함 없이 파도치고 있기
때문이겠지요.

메시지

아무 말 없이
떠날 리 없으니
찾으라.
간직하라.
그가 남긴
그 웃음.
그 몸짓.
그 사랑.

재생

다시 태어나고 싶다면
깨끗하게 써야 한다.
병도.
사람도.

자학

상처로 끝날 일을
흉터로 만들지 마세요.

주파수

잡음 없이 사랑하고 싶다면
상대방의 말에 주파수를 맞추세요.

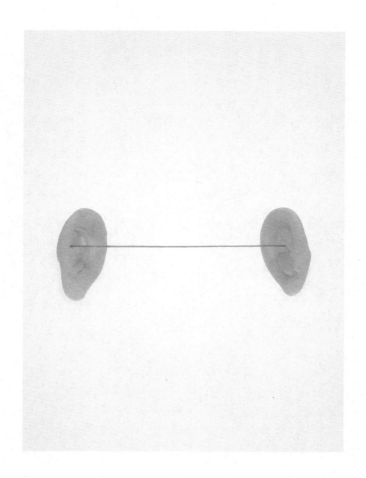

종교

선택은 심플하다.
누가 가장 당신을 사랑하는가?

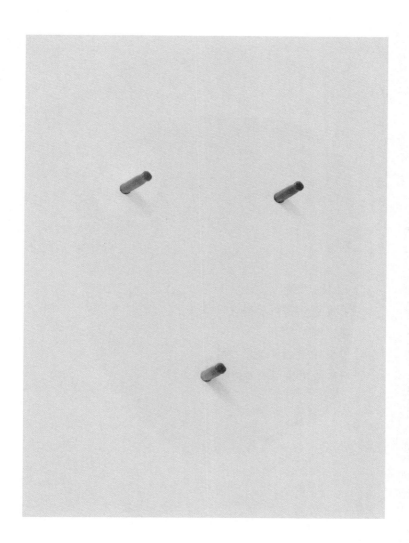

태그'

옷이든 사랑이든
함께 할 마음이 없다면
태그 떼지 말고
기한 내 돌려보내는 것이
서로를 위해 좋겠지요.

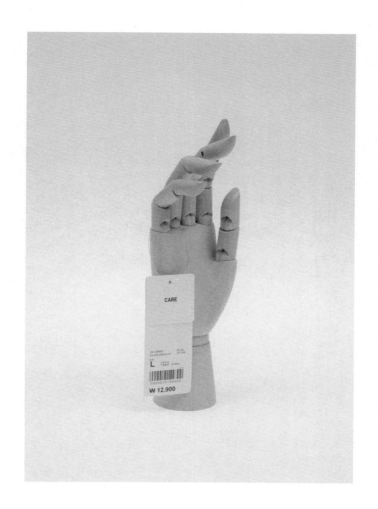

149

태
그

'교환 및 환불은 태그 떼지 마시고
영수증 지참하셔서 30일 이내 오시면 됩니다.'
태그 떼지 마시고.
태그는 물건에게만 붙어 있는 것이 아니다.
사람에게도 붙어 있다.
그러니 확실하게 사용할 마음이 없다면
사람도 태그 떼지 말고 고이 돌려보내야 한다.
성급한 마음에 태그를 떼놓고
왜 반품이 안되냐
환불이 안되냐 목소리 높여봤자
서로에게 상처만 될 뿐이고
그렇게 싸우는 것만큼
보기 싫은 일도 없기 때문이다.
그러니 혹시 지금 태그를 떼고 싶은
물건이나 사람이 있다면
다시 한 번 신중히 생각해 보시길.
정말 나는 이 물건을 오래도록 사용할 건지.
정말 나는 이 사람을 오래도록 사랑할 건지.

전염

걱정이 가득한 사람과 있으면 걱정이
불평이 가득한 사람과 있으면 불평이
불만이 가득한 사람과 있으면 불만이
전염되고

웃음이 가득한 사람과 있으면 웃음이
열정이 가득한 사람과 있으면 열정이
사랑이 가득한 사람과 있으면 사랑이
전염된다.

1°

1°는 반드시
당신을 위해 남겨두시길.
이미 99°를 줬는데
남은 1°마저 요구한다
그것마저 주고 나면
당신에게 남는 것은
증발뿐이니.

공유

공유의 면적이
넓은 사람과 사랑하세요.
조건에 의해 시작된 사랑은
변수가 많지요.
하지만 공유의 면적이
넓은 사람과 사랑을 하면
매 순간 웃을 일이 많아지게 됩니다.
결혼을 해서도 말이지요.

표지

눈으로만 반해
모든 것을 바치는 사랑은
표지만 보고 구입한
책과 같다.

선물

당신의 오늘 하루는
당신을 사랑하는 이에게
선물이 되는 하루였나요?
상처가 되는 하루였나요?

161

HINT
FOR WORK

역

당신이 이제껏 만났던 모든 사람은
당신의 여정에 언젠가 꼭 필요한
하나의 역들이다.

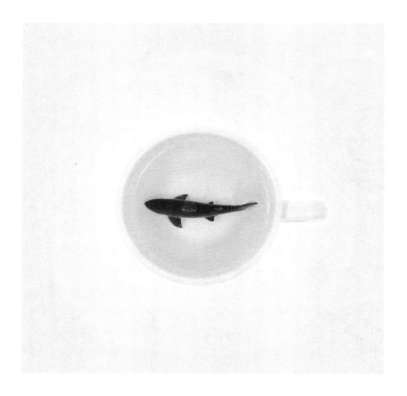

파티션

조직의 파티션이 주는 안락함은
상어도 미꾸라지로 만든다.

야근

세상에서 가장 가치 있는 야근은
퇴근 후 당신의 가족들에게
오늘 하루의 일을
웃으며 말해주는 것.

입지

저 사람은 내가 좋아하는 사람.
저 사람은 내가 싫어하는 사람.
경계를 긋는 순간부터
당신의 입지는 좁아진다.

아이디어

날카로운 아이디어는
관찰이라는 날을 세우고
타협이라는 살을 깎을 때
비로소 나오는 것.

내적능력

끝까지 짜내면
결국엔 나온다.
그러니 믿어라
당신의 능력을.

내
적
능
력

모두가 퇴근한 깊은 밤.
홀로 사무실에 남아
컴퓨터 화면 속 깜박이는 커서를
아무리 노려봐도
단 한 개의 팁도,
단 한 줄의 카피도 떠오르지 않을 때면
나는 눈을 감고 치약을 생각한다.
'이번엔 정말 나올 게 없을 거야' 하면서도
밑에서부터 다시 꼼꼼히 짜 올리면
꼭 한 번의 양이 나오는 치약을.
그러면 신기하게도
더 이상 나올 것 같지 않았던
아이디어가 나오고
카피가 나오고
할 수 있다는 자신감이 나왔다.
이 과정에서 필요한 것은
오직 하나다.
그것은 끝까지 짜내면
결국엔 나온다라는
자신에 대한 확신.
그 하나다.

벼 랑

누군가는 그곳을 시점으로 올라가고
누군가는 그곳을 끝점으로 추락하고.

통찰

실패의 수집이 적은 자는
통찰의 고도가 낮고
통찰의 고도가 낮은 자는
혼돈의 숲 속을
빠져나오지 못한다.

승부

자꾸 다른 걸로
승부 내려 하니
진짜 승부에서
자꾸 지지.

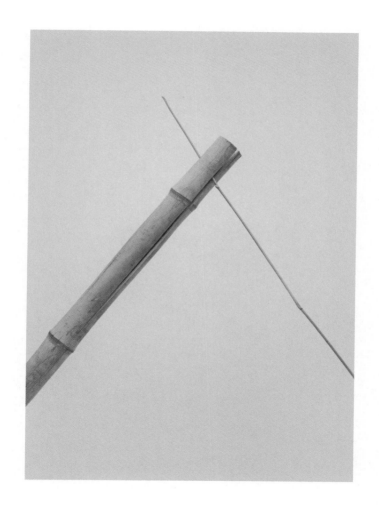

업

빨리 아침이 왔으면 좋겠어.
하는 일이
당신이 업으로 삼아도
좋을 만한 일이겠지요.

속단

성급한 결론은
과신에서 비롯된
도박과 같은 것.

징크스

징크스란 자는
자신을 두려워하는 자에게는
한사코 달라붙어 그 일을 방해하고자 하고,
자신을 대수롭지 않게 여기는 자에게는
굴욕을 느껴 저만치 사라져 버리는 자다.

일본 도쿄 출장 중. 정상1의 힌트를 얻다.

정상 1[h]

정상은 원래 뾰족한 곳이니
그곳에서 즐겁게 기분 좋게
오래도록 머물고 싶다면
미리미리 당신의 발바닥
두껍게 만들어 놓으시길.

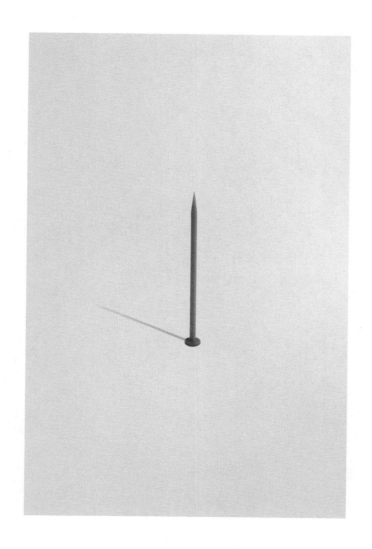

얼리어답터

진정한 얼리어답터는
사람에 대한 얼리어답터.

폭발

숨 쉴 틈도 안 주고
계속 몰아붙이면
그 사람
폭발한다.

반사

태양처럼 빛날 수 없다면
달처럼 그 빛을 반사시키면 될 것을
낮은 그에게 맡기고
밤은 당신이 맡으면 될 것을
왜 그리 모두가 빛나려고만 할까?

험담

되로 씹으면
말로 씹힌다.

운

운이란
결단력이란 자석에 이끌리는
쇳가루와 같은 것.

저울

저울질을 즐기는 자는
반드시 자신도
누군가의 저울에 올려지게 되고
누군가의 저울에서 버려지게 된다.

축배

성급한 축배의 뒷맛은
언제나 쓰다.

서울 삼성동 점심 산책길. 콩나무 아래에서 안주의 힌트를 얻다.

안주 ^h

현재의 달콤함에
떠나지 못하고
남아버린 자의 결말은
언제나 비루하다.

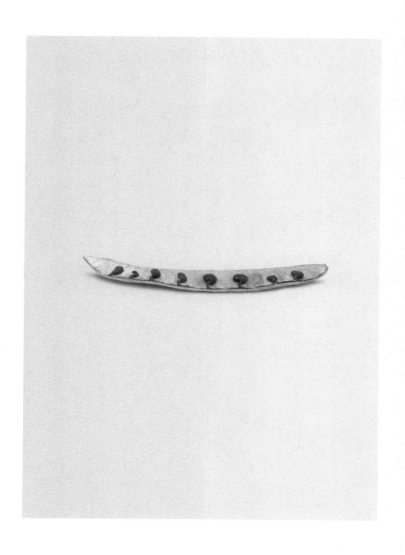

구설

구설의 도마에서
가장 우아하게 내려오는 방법은
진실과
매진
그리고 돌아봄.

기교

지나친 기교는
지나친 조미료와 같다.

디렉션

디렉션이 정확해야 로스가 준다.

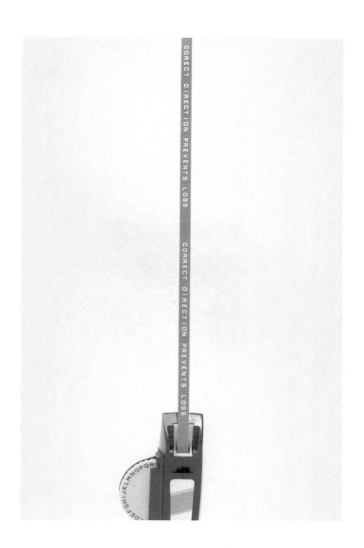

디테일

대세에 결정적 영향을 주는 것은
'괜찮아, 대세에 지장 없어!'라며
지나쳤던 디테일들이다.

아이러니 3

자신의 건강을 해치는 일에는 그렇게나 많은 돈을 쓰면서
자신의 건강을 지키는 일에는 이렇게나 적은 돈을 쓰다니.

수용

자신과의 다름을 절대
인정하지 않겠다는 것은
비싼 뷔페에 가서
맨밥만 먹고 오는 것과 같다.

울타리'

진짜 재미있는 일은 울타리 밖에 있다.

울
타
리

한잔?

이렇게 문자가 온 것은 번개와 천둥이 요란하던 저녁이었다.

'일 마치고 갈게요'라고 답장을 보냈다. 일은 아홉 시쯤 끝났고 비는 그쳤다.

도착한 곳은 압구정의 작은 선술집.

이미 살짝 취한 스티브 그리고 옛 동료들과 웃으며

악수를 한 뒤 맥주를 주문했다.

치즈 케이크처럼 부드러운 거품의 생맥주에

안주는 삶은 콩과 메로 조림.

반가움의 건배를 한 뒤 그간의 이야기를 나눴다.

함께 일했던 예전 이야기, 현재의 일들에 대한 고단함.

그리고 어느 섬에서 살고 싶다는 스티브의 선언과

N대통령의 서거에 대해……

시간은 빨리 흘렀고 맥주잔은 점점 늘어났다.

이윽고 스티브의 눈 깜박임 속도가 느려지더니 특유의 억양으로 말했다.

"맨날 그렇게 회사, 회사만 하지 말고 티켓 보내줄 테니 한 번 온나~"

"으~ 얼마나 힘들게 들어간 회산데요."

"에이, 진짜 재미있는 일은 울타리 밖에 있잖아!"

고개를 끄덕이며 웃었지만 속마음은 달랐다.

자리는 열두 시쯤 파했다.

거나해진 스티브와 동료들을 택시 태워 보내고 나도 택시를 탔다.

목적지를 말한 뒤 좌석에 기대자 긴 한숨이 새어 나왔다.

강변북로를 빠르게 지나가는 오렌지빛 가로등을 멍하니 보다 보니

아까 스티브의 그 말이 생각났다.

'진짜 재미있는 일은 울타리 밖에 있잖아~!'

내일 늦지 않게 출근해야 하는데,

내일 회의 준비할 거 많은데,

가는 내내 그 말이 자꾸 생각났다.

함정

대부분의 함정은
자신으로부터 기인된 것이다.

방치

방치는 녹을 부르고
녹은 부식을 부른다.
그것이
철이든 사람이든.

단정

단정이 강할수록
뒤통수에 가해지는
충격 또한 강하다.

HINT
FOR DREAM

전진

기회가 왔다면
주저 말고 던져라.
던지는 순간
한 칸 이상은 반드시
전진한다.

반송

디테일한 꿈일수록
반송될 확률이 낮다.

시도 1

죽이 되든 밥이 되든 생쌀보단 낫다.

월등

절대로 없을 리 없다.
당신이 남들보다
월등히 잘하는
그 무엇이.

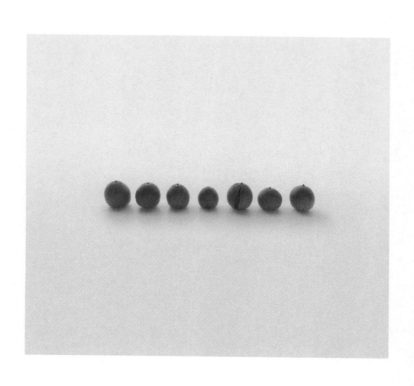

성장판

육체적 성장판이 닫혔다고
정신적 성장판까지 닫혀서는
안되겠지요.

기회

준비하라.
당신의 차례는 반드시 온다.

로스앤젤레스 출장 중. 가판대 앞에서 반전의 힌트를 얻다.

반전 [h]

지겹다고 하루하루
대충 넘기지 마세요.
반전은 어느 하루의
페이지에서 시작될지
모르니까요.

우연

우연이란
의지의 강력한 파생.

열정

미지근한 불로는 맛있는 요리를 만들 수 없다.

차이

성공한 이와
머물러 버린 이의 차이는
날마다 미세한 전진을
했느냐 안 했느냐의
차이.

마중

기다리기만 하는 자는
마중 나가는 자를
이길 수 없다.

유통기한

아까워 죽겠네.
비싸게 사놓고
유통기한 지나 버려버린
내 시간.
내 젊음.
내 사랑.

희망

끝없는 터널은 없다.

슬로건'

호를 가져보세요.
아니면 슬로건이라도.
삶이 훨씬 재미있어진답니다.

슬

로

건

대학에 강의를 나갔을 때 일이다.

나의 첫 수업 주제는 늘 학생들에게 자신을
하나의 브랜드라 생각하고
자신만의 슬로건을 만들어 발표해 보라는 것이었다.
크리에이티브하고 재미난 슬로건이 많았지만
그중에서 아직까지도 기억나는 슬로건이 하나 있다.
그 슬로건을 발표한 사람은 K군이다.
K군은 자신의 차례가 되자 헛기침을 한 번 한 뒤
"제 슬로건은 이것입니다"라며 칠판에 자신의 슬로건을 붙였다.
그러자 강의실 여기저기서 웃음이 터져 나왔다.
당황한 그는 "이건 여러분이 생각하시는 그런 의미가 아닙니다"라며
자신의 의도를 설명하기 시작했다.
"어떻게 살면서 혼자 모든 일을 다 할 수 있겠습니까?
혼자서 할 수 있는 일에는 한계가 있지요.
그런데도 부질없는 자존심 때문에 끙끙대며 그 일을
다 짊어지는 것만큼 미련한 짓이 또 있을까요?
그렇기에 저는 그러지 말고
함께 '윈윈' 하자는 의도에서 이 슬로건을 지었습니다."
그러자 이번에는 웃음대신 "오오~"하는 감탄사와 함께
박수가 터져 나왔다.
그날 가장 많은 표를 얻은 슬로건은 K군의 것이었다.
과의 특성상 한 명 한 명의 프라이드가 강하고
개인 작업이 많아 잘 모이기도 힘든 그날의 수업을
가벼운 웃음으로 시작하여 감탄의 박수로 끝낸 K군의 슬로건.
꽤 오랜 시간이 지났지만 아직까지 잊혀지지 않는 그 슬로건은
바로 '남을 이용하자'였다.

배경

태어난 배경이 단조롭다면
스스로 여기저기 움직여라.
배경은 결국 당신의 움직임에 따라
바뀌게 되는 것이니.

시도 2

시도 못한 미련은 평생을 가지만
시도한 실패는 하루면 잊혀진다.

거름

지금의 고통은
향기로운 꽃을 피우기 위해
꼭 필요한
어쩌면 냄새 나는
거름.

힌트

주변을 한 번 찬찬히 둘러보세요.
당신의
인생을 위한
사랑을 위한
성공을 위한
힌트가 얼마나 많은지.

뉴질랜드 퀸스타운. 렌터카를 타고 가던 중 여행의 힌트를 얻다.

여행 ^h

실종된 자아는
주로 이름 모를 여행지에서
발견되곤 하지요.
그러니 걱정 말고
집으로 돌아가
짐을 꾸리세요.
그리고 떠나세요.

허물

멋지게 벗을 때 멋지게 난다.

걱정

미리 하는 걱정은
내버려두면 알아서 낫지만
자꾸 손을 대면 더 커지는
뾰루지와 같은 것.

길

죽자고 노력해야
겨우 흉내낼 수 있다면
그 길은 당신의 길이 아니다.

노크

지금 한번
손을 심장에 대보세요.
느껴지시나요?
가슴 뛰는 삶을 살라는
그의 두드림이.
그의 외침이.
그의 노크가.

경험 2

수많은 경험은
타고난 재주를 앞지르는
단 하나의 지름길.

안내

머리는 지금은 평탄하지만
나중은 가파른 길로 안내하고
가슴은 지금은 가파르지만
나중은 평탄한 길로 안내한다.

계단

꿈으로 가는 계단은
높고 가파른
한 개의 계단보다는
많아도 낮아서
하루하루 즐겁게
오르고 이룰 수 있는 계단이
좋겠지요.

정상 2'

정상에 도달하는 길은
지금 당신이 걷고 있는
그 길만 있는 것이 아니다.

정
상

정상에 도달하는 길은 360개나 있는데
왜 당신은 지금의 그 길로만
부득부득 오르려 하는가?
그 길이 아닌 것 같으면
삶의 짐이 하나라도
더 붙기 전에 그 길을 떠나
자신만의 길을 찾아 나서라.
처음엔 겁도 나고
이 길이 맞을까
걱정도 되겠지만
그런 마음은 새로운 길을
시작하는 즐거움과
어느덧 저만치 보이는
정상의 희열에
이내 사라질 것이다.

일단

꿈의 실현과
운전의 공통점은
일단 시작부터
일단 기어부터.

그릇

타고난 그릇이 작다면 그 시간에
다른 걸 연마해 보면 어떠세요?
식사에 꼭 필요한 숟가락이나 젓가락
아니면 포크나 나이프 같은 걸로요.
모두가 큰 그릇이 될 필요
어디 있나요?

잡념

마음이 무거운 새는 날지 못한다.

뿌리

지금이 아무리
어둡고 힘들고 괴로워도
뿌리를 뻗어야 할 때는
깊게 뿌리를 뻗어야 한다.
지상의 봄바람에 한눈 팔려
얕은 뿌리로 타협하는 순간
생은 자신이 아닌 다른 이의
손에 휘둘리게 되는 것이니.

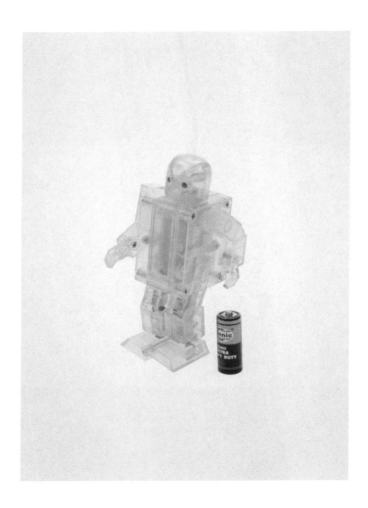

꿈

꿈이 떨어질 때 인간은 멈춘다.

예전에는 과정보다는 결과가 더 중요하다고 생각했습니다.
하지만 지금 누군가 제게 다시 물어본다면 이제는 좋은 결과는
언제나 즐거운 과정에서 나오는 거라 답하고 싶습니다.
그런 의미에서 이번 '내 삶의 힌트' 작업은 저에게 참으로
즐거운 과정이었습니다.
시작의 순간, 고민의 순간, 하나하나 만들어 가는 모든 순간에서
즐겁지 않은 순간이 단 한차례도 없었기 때문입니다.
그러한 기쁨들이 모여 좋은 멤버들과 작업을 할 수 있었고
멋진 포털 사이트에 연재도 할 수 있었으며
좋은 출판사와의 협업을 통해 '내 삶의 힌트'라는 작업물을
세상에 내어 놓을 수 있지 않았나 생각합니다.
오랜 시간 곁에서 이 책을 위해 함께 걸어주고 힘이 되어준
강동철 비주얼디렉터와 아놀드 박 포토디렉터에게
다시 한 번 고개 숙여 감사드립니다.
그리고 흔쾌히 '내 삶의 힌트' 연재를 도와주신 다음 스토리볼

관계자 분들과 청림출판사에도 깊은 감사를 드립니다.
끝으로 늘 저에게 변함없는 지지와 사랑을 주는
나의 아내 소현과 내 삶의 존재 이유인 두 아들 지민, 지원
그리고 모든 사랑과 생명의 근원되시는 하나님께
이 책을 바칩니다.

2015. 4. 어느 봄날 오후에

박재규

"이런… 옷에 얼룩 생기겠다."

"아빠, 얼룩이 뭐야?"

"음… 아빠 옷이 원래 흰색이었지? 그런데 주스가 쏟아져서
오렌지색 무늬가 생겼잖아. 이런 걸 얼룩이라고 해.
원래 색깔에 다른 색깔 무늬가 생기는 거…."

"아~ 그래서 얼룩말이야? 원래 흰색 말이었는데
까만 얼룩이 묻어서 얼룩말이 된 거야?"

저는 이제껏 '얼룩말'의 이름에 대해서 이런 관점으로 생각해본
적이 없었습니다. 다섯 살배기 제 딸과 얼룩에 대한 대화를 나누
기 전까지는요. 힌트란 이런 것이 아닐까요? 삶의 매 순간 속에
서 우연히 얻게 되는 현답에 다가가는 과정 같은 것….

이 책에 등장하는 비주얼 또한 그렇습니다. 늘 우리 주변에서
쉽게 혹은 우연히 만나볼 수 있는 흔하디 흔한 오브제들로 채워
져 있죠. 삶의 힌트란 결코 특별하거나 먼 곳에 있는 것이 아니
란 걸 이야기하고 싶었기 때문입니다.

그러다 보니 비주얼 톤에 있어서도 정답 같은 또렷함 보다는
담백하고 부드러운 톤과 여백의 미를 추구하였습니다.
이처럼 평범하고 소박한 비주얼임에도 불구하고 그 속에서
여러분께 도움이 되는 나름의 힌트를 얻으신다면 제게 그보다
값진 선물은 없을 것입니다.
이제 이 책 속에서 뿐만 아니라 일상의 모든 순간 속에서 크고
작은 소중한 힌트들을 발견하시길 바랍니다. 책상 앞에서, 길
위에서, 음악 속에서, 그리고 사랑하는 가족에게서 말이지요.
끝으로 늘 제 삶에 가장 값진 힌트가 되어주는
사랑하는 아내 남민경 양과 나의 전부인 하울이와 하운이,
그리고 소중한 재능을 물려주신 아버지 어머니께
진심을 담아 감사의 인사를 전합니다.

2015. 4.

강동철

'사진은 빛의 예술이다'라는 말이 있습니다.
그건 사진의 첫인상이 그 이미지에 부여된 빛에 의해 결정될
때가 많기 때문입니다.
그래서 저는 촬영에 임할 때마다 빛의 조율에 가장 큰 비중을
두었고 늘 새로운 느낌의 조명을 추구해 왔습니다.

'힌트'를 처음 접했을 때 제가 고민했던 것은 평범한 제품컷에
머물 수 있는 피사체들이 나름의 감정과 느낌을 가지려면
어떤 빛으로 그들에게 접근해야 할까 하는 것이었습니다.
저는 힌트의 글들이 제게 주었던 그 느낌처럼 기교와 멋이 아닌
진솔함과 담백함으로 다가가 보면 어떨까 생각했습니다.
그래서 힘을 많이 빼고 찍었죠. 조명은 물론 제 자신까지도 말
입니다.
이제껏 수많은 피사체들을 담아 왔지만 제게 있어 이번 촬영만
큼 즐겁고 뜻깊은 작업은 없었던 것 같습니다.

저의 기쁨만큼이나 여러분들의 즐거움 또한 크시길 바라며,
내 삶의 가장 큰 의미인 사랑하는 아내 주영과 두 아이 준영,
민아와 함께 이 책의 기쁨을 나누고 싶습니다. 그리고 항상
든든한 버팀목이 되어주시는 부모님 감사합니다.

2015. 4
Photo Director 아놀드 박

내 삶의 힌트

1판 1쇄 발행 2015년 5월 4일
1판 2쇄 발행 2015년 6월 22일

지은이 박재규 · 강동철 · 아놀드 박
펴낸이 고영수

경영기획 고병욱
책임편집 김진희, 문미경, 이혜선
외서기획 우정민 **마케팅** 이일권, 김재욱, 이미미
제작 김기창 **총무** 문준기, 노재경, 송민진 **관리** 주동은, 조재언, 신현민

발행처 청림출판
출판등록 제1989-000026호
주소 135-816 서울시 강남구 도산대로 38길 11(논현동 63)
     413-756 경기도 파주시 회동길 173(문발동 518-6) 청림아트스페이스
전화 02)546-4341 **팩스** 02)546-8053

www.chungrim.com
cr1@chungrim.com

ISBN 978-89-352-1034-3 (03810)
값 13,800원